먼지 속 이슬

먼지 속 이슬

—초록빛 제주바다를 그리며

박찬 시집

문학동네

自序

시처럼 살고 싶은데 잘 안 된다.
세상이 너무 걸리는 게 많기 때문이다.

운명적인 것은 어느 날 문득 찾아오고……
가버린 날들은 그냥 바라만 봐야 한다.
오랜만의 시집도 위안이 되지 못한다

먼 바다로 가 수평선이나 봤으면 좋겠다.

2000. 10.
일산 무설헌에서

차례

미황사에 가서

미황사*에 가서
누런 소는 보지 못했네
염화실 주인과
밤새 빗소리만 듣다 왔네
손님으로 갔다가
손님으로 돌아오던 날 아침
대웅전 뒤, 대숲을 휘감은 안개 속에서
설핏 본 눈 큰 바위

* 미황사 : 전남 해남 땅끝마을에 있는 절. 뒤에 달마산이 있다.

먼지 속 이슬
―화염길 그후

큰스님 오르시는 길, 비가 내린다.
빗속에도 꺼지지 않는 파아란 불길.
하늘로 올라 이슬이 되어 먼지 위에 내려앉으시다.

傳堂
—무설헌*에서

혀를 자르라 하네

문득 눈 쌓인 굴 앞에 서다

* 무설헌 : 無說軒.

鳳兮

봉이 날아왔네

아무도 아는 사람이 없네

우화, 화두 또는 병 속의 새

옛날에, 아주 먼 옛날에, 한 소년이 있었습니다. 소년에게는 투명하고 커다란 수정 유리병 하나가 있었습니다. 유리병 속에는 귀여운 작은 새 한 마리가 살고 있었습니다. 수정 유리병은 소년이 안기엔 너무 컸지만 어른보다 더 큰 가슴을 가진 소년은 항상 유리병을 안고 살았습니다.

병 속의 새는 밤이나 낮이나 소년의 동무가 되어 날갯짓하며 춤추고 노래를 불렀습니다. 처음에 소년은 새가 유리병 안에 갇혀 있는 줄 몰랐습니다. 유리병이 너무 맑고 투명했기 때문입니다. 유리병은 새가 날갯짓하며 춤추기에 충분할 만큼 컸습니다. 그래서 새도 자기가 병 속에 갇혀 있는 줄을 몰랐습니다. 그러던 어느날, 소년은 새가 갇혀 있는 것을 알게 되었습니다. 새가 춤추는 모습이 너무 어여뻐 안아주려는데 무엇인가 눈에 보이지 않는 것이 소년을 가로막았던 것입니다. 소년이 새에게 다가가면 새도 반갑다는 듯 날아왔지만 이내 무엇인가에 부딪쳐 퍼득거리다 날갯깃을 떨어뜨리곤 했습니다. 그날부터 소년의 얼굴엔 수심이 깃들이기 시작했습니다.

보리잎 싱싱하게 자라오르던 혼곤한 봄날이었습니다. 어디선가 새소리가 들려와 소년은 들로 나갔습니다. 들에는 온갖

꽃이 피고 나비들이 팔랑거리고 있었습니다. 새도 나비처럼 가볍게 날갯짓하고 있었습니다. 소년을 보자 새는 반갑다는 듯 들판을 날아다녔습니다. 소년도 새를 따라 들판을 뛰어다녔습니다. 들판을 날던 새는 하늘 높이 날아오르다가 소년이 두 손을 펴면 소년의 손에 내려와 앉곤 했습니다. 새는 소년을 보며 예쁜 소리로 노래를 부르다가 부리를 소년의 손바닥에 부비기도 하고 콕콕 쪼기도 하고 물 마시는 시늉을 하기도 했습니다. 소년은 그런 새가 한없이 귀엽고 예뻐 가슴에 안고 쓰다듬기도 하고 가만히 쥐기도 하였습니다. 새는 손바닥에서처럼 부리를 부비며 노래 부르다가 갑자기 소년의 가슴을 힘껏 쪼았습니다.

소년은 깜짝 놀라 잠에서 깼습니다. 잠에서 깬 소년은 가슴을 헤쳐보았습니다. 언제 들었을까. 소년의 가슴에는 정말 새가 쪼은 듯 작은 피멍이 들어 있었습니다. 새는 유리병 안에서 여전히 날갯짓을 하고 있었습니다. 그러나 더이상 소년에게 다가갈 수 없었습니다. 소년과 새는 서로 안타까운 눈으로 바라보았습니다(사실은 새가 아니라 소년이 갇혀 있었는지도 모릅니다). 이윽고 큰 어둠이 닥쳐왔습니다. 깜깜한 어둠 속에서 길을 잃은 소년에게 눈 밝은 한 사내가 다가왔습니다. 사내는 소년에게 들고 있던 작은 유리병을 주며 말했습니다. '새를 풀어놓아라.' 이 이야기는 지금도 전설이 되어 전해져오고 있습니다. 그러나 이제 소년도, 작은 새도 이 세상에 더이상 없습니다. 커다란 수정 유리병만 서로의 가슴에 큰 상처를 내고 있습니다.

언덕에 올라 서산을 보니 저녁놀 비켜 새들 날아가고
기슭에 우거진 시누대숲 지나는 바람소리만 쓸쓸하네

一切唯心造
ㅡ조정권에게

나는 이제부터 텔레토비와 놀기로 했다.

보라돌이 뚜비 나나 뽀처럼, 뒤뚱거리며 뛰어다니다가 미끄럼도 타고, 푸른 언덕에 올라, 두 손 활짝 쳐들고 만세 부르며 깔깔대다가, 보듬고 뒹굴기도 하고…….

백담사 강론

대잎으로 돛배를 만드니
하늘에서 푸른 물이, 둥둥 떠온다
달마는 왜 동쪽으로 왔는가(묻노니, 동쪽은 어디인가!)

마음을 접으니, 물소리도 없다
무엇을 듣느냐면, 물 속 발가락, 꼼지락거리는 소리

운주사, 와불

편안히 누워 있는 것 아닐세.
이 땅의 무게만큼의 설움 등에 지고
억만 겁토록 가고 있을 뿐.

가슴에 묻는다
—서래봉

너를 생각하면 가슴이 아프다. 너무 멀리 떠나와 이제 윤곽조차 희미해져 벌판 멀리 피어오르는 바람처럼 막막할 뿐이다. 황사바람이 시야를 가려 돌아갈 길 잃어버렸다. 생각을 따라서만 갈 수 있을까. 그러나 그 생각조차 이제는 막연할 뿐이다. 귀신나라나 혹 도깨비나라였다면 그래도 마음대로 상상해낼 수 있으련만,

그곳에 놀았던 너와 나의 실재가, 오늘은 더욱 나를 막막하게 하는구나

자식 죽인 어미 그 자식 가슴에 묻듯, 나도 이젠 너를 내 가슴에 묻으려 한다. 따뜻했던 너의 체온을 느끼고 싶다. 실낱 같은 기억을 위해. 너로부터 멀어져가는 날들의 추억이나 또는 꿈에서라도, 한때 그 속에 놀던 너와 나의 모습을 추억하기 위해, 이제 너를 가슴에 묻는다.

서래봉, 또 서래봉

오랫동안 사막만 헤매었네. 언제나 안개에 가려 있는 듯 모습 드러내지 않는 서래봉 그곳에 있는데, 나는 여직 다른 곳으로만 찾아 헤매었네. 정말 오르고 싶었던 것일까. 오르기보다는 차라리, 먼 곳에 그리움처럼 두고 그리워만 하고 싶었던 것일까.

서래봉 가는 길 1

젊어 한때 나의 슬픔은 '인생은 그렇고 그럴 것'이라는 생각 때문. 그러나 그 생각 얼마나 시건방진 것이었나 생각 들기 시작했을 때 나의 부끄러움은 하늘에 닿았다. 지나온 삶이나 남은 삶(이젠 지난 삶이 남은 삶보다 길다) 모두가 젊은 시절의 치기에 다름아님을 느끼기 시작했을 때 나는 문득 밤하늘의 별을 헤아리듯 막막함에 빠지고 말았다.

한여름밤 모깃불 연기 피어오르는 고향집 마당 맷방석 위, 무르팍 베고 누우면 탁 탁 모기를 날려주시는 할머니 부챗살 소리에 맞춰 별 하나 나 하나…… 한량없는 별을 헤아리다 잠들던 시절로 문득 돌아가 있음이여.

할머니 눈 안에 비치던 그윽한 달빛!

미르의 세상
—서래봉 가는 길 2

서툰 미장 솜씨로 회칠한 미르의 세상에는, 낡은 영화 포스터만 덕지덕지 붙어 있다. 바람에, 가로등 빛에, 흔들리는 나뭇잎. 미르의 세상에서, 사람들은 어디론가 가기 위해, 떠나는 버스를 손짓으로 세운다. 버스는 인정 많게, 모두를 태우고 출발한다. 미르의 세상을 떠나는 버스 차창으로, 희미하게 낯익은 얼굴이 비친다. 모두들 어디로 가는 것일까.

인적 끊긴 미르의 세상. 희미한 가로등 불빛만 슬프게 흔들린다. 불빛 아래 아직도 떠나지 못하는 사람, 누군가 기다리며, 하염없이 앉아 있다. 미르의 세상에서 사람들은 저들끼리 알 수 없는 말을 나누다가, 찢어진 스피커에서 흘러나오는 노랫소리에 무심히 귀기울인다.

눈물
—서래봉 가는 길 3

참고 참다가 별 되어 깜빡이는 초롱한 눈망울은 얼마나 아름다운가.

삭고 삭다가 하얗게 피어나는 소금꽃은 또 얼마나 애처로운가.

드넓은 벌판을 호령하며 휘날리는 말갈기, 그 소리 들릴 듯하여, 모래바람 씽씽 일어나는 길 없는 길 헤매다 만나는 신기루 같은 그대, 가슴으로 찬바람 씽씽 넘나드는 벌판 너머 하얀 눈망울 찾아 헤매는 발걸음은 또 얼마나 정처 없는가.

민들레 꽃천지

저기 저 서쪽, 산등성 너머, 널따랗게 펼쳐진 풀밭에는,

정처 없는 영혼들 모여, 천지 가득, 노란 민들레꽃으로 피어……

마실

행여, 그를 만나거든
나, 왔다 갔다고 전해주게
못 보고 그냥 갔다는 말도 함께
덕분에 재미있는 것도 많이 보고
맛있는 것도 많이 먹고 갔다고
이다음에 또 오게 되면, 오겠노라고
(그렇게 될 수 있을지 모르겠지만)
그래도 다시 불러주면, 그때는 꼭
만나 보고 가겠다고 말하더라고

능소화

그는 흑백사진 속에서 웃고만 있다. 여인은
그 앞에 앉아 경을 읽다가 일어나 절을 하곤 한다.

나는 망연히 창 밖을 내다보고 있다.
화단에는 주황색 능소화 나무를 휘감아 오르며 피어 있다.
창 밖은 칠월의 땡볕이 내려 쪼이고 있다.
뜨거운 허공으로 능소화 한 송이 꽃 모가지째 뚝 떨어진다.
그 울림에 나의 머리는 이명으로 아득했다.
땀을 흘리며 절을 하던 여인이 다시 쭈그리고 앉아 경을 읽는다.
이명 저쪽에서 여인의 경 읽는 소리가 들려오기 시작한다.

창 밖에 강아지 한 마리 다가와
살래살래 꼬리 흔들듯, 살랑살랑 바람이 불어오고 있다.

산 너머 먼 데

까마귀떼 하늘을 날으네

산 너머 먼 데 누구 또 죽었나 보다

꽃비

저 언덕 너머 꽃비 내린다
눈부신 고개 위에서 꽃비 맞다가
바다로 나아가리, 거기 바다가 있으니

돛대도 아니 달고 삿대도 없는
배 한 척 흔들리고 있는 바다, 반달 같은 조각배 타고

봄눈

멀리 있는 동무의 부음을 듣다
꽃샘바람에 봄눈 나부끼다
그의 일상은 그림으로 남아 있다
(부음 사진은 왜 꼭 흑백일까)
세상이 어디 인연만이냐고
낮술 한잔 걸친 아이가 푸념한다
꽃샘바람에 봄눈 나부끼다
춤추며 나부끼며 사그러져간다

소주에 관한 명상

태안 박씨 정삼품 중현공 후취부인 현고유인 순창 설씨 도명화 할머니 돌아가시다. 평생을 술 한잔 입에 대지도 못하면서 술 냄새 향수인 양 온몸에 풍기며 사시다. 그 어른 생전에 술 빚던 술도가 아직도 뒤란 장독대 한 모퉁이에 놓여 있다. 누가 저렇게 닦아놓았을까 이 봄에 햇빛 받아 더욱 반짝거린다.

잔치 끊일 새 없던 집. 술 잘 빚는다는 소문에 기울어가는 토반집 후취자리 들어 평생을 술만 빚다 가시다. 그 이름 도화주 온 고을에 쟁쟁하던 이름도 예쁜 술. 늙은 서방님 일찌감치 떠나 보내고 자식들마저 전쟁통에 잃어버리고 하얗게 서리 내리는 밤마다 술가마 앞에 쪼그리고 앉아 선禪하듯 술을 빚던 태안 박씨 정삼품 중현공 후취부인 현고유인 순창 설씨 도명화 할머니.

덧없는 사념만 꼬리를 문다.
어스름 달빛 내리는 시월의 한 밤.

폐가에 대하여

하얀 앵두를 보신 적이 있습니까.
익어갈수록 하얘지는 백앵두를.

그 집에는 백앵두나무 한 그루가 있었죠. 그것도 솔찮이 묵어 어느 가지는 이미 죽어버린, 입에 물면 어머니 젖처럼 하얀 앵두물이 묻어났죠. 울안에는 또 엄청 묵은 탱자나무가 한 그루 있었죠. 봄이면 하얀 꽃을 뿜어내며 가까이 오지 마라! 가시 곤두세우다가 가을이면 누렇게 익어 땅에 뚝뚝 떨어져 썩는 탱자. 마당에 온통 신내를 내뿜어 입에서는 생침이 줄줄 흘러내렸죠. 그뿐 아니었죠. 한가위 무렵이면 차례상에 올려놓으라고 때맞춰 빨갛게 익는 파라시*도 한 그루 있었죠. 언제부터 걸려 있는 것인지 뒤란 바람벽에서 벌겋게 녹슬어가는 호미 떨어져 나간 문짝. 사람 훈짐 쐰 지도 하 오래라 너덜거리는 벽지. 토방까지 무성한 풀을 밟으면 문득 들려오는 소리. 나무토막 같은 손가락에 노망난 시에미 모시고 사는 늙은 숙모, '너 왔냐.' 아는 체 하는 소리. 누가 써놓았을까 바람벽에 삐틀빼틀한 연필글씨,

'얼라리 꼴라리 필순이와 길동이는 ×했데요.' 개다리 차림에 양물만 큰 사내아이 그림과.

* 파라시 : 한가위 무렵에 익는 홍시.

저녁노을

노을이 진다. 서쪽 하늘이 타오른다. 아비는 저 불 잡으러 바다 건너 갔다 하고 어미는 갯바위에 앉아 바다만 바라보았다. 돌아오지 않는 아비는 바람결에 소문만 실어보내고 그 바람 온 동네 휘돌아 뒷산 솔숲으로 가 밤마다 귀신 휘파람 소리로 속삭였다.

그런 밤이면 할미는 말했다.

아가! 내일은 큰 바람이 불란갑다 뭍에 가지 말거라.

새벽바람 맞으며 배에 오르면 파도에 울렁이는 가슴, 할미 말씀 뿌리친 설움이었나. 갯바위에 앉아 십 년 또 십 년 뒷산에 누워 십 년 또 십 년. 눈비 찬바람에도 말없이 누운 애간장 다 녹은 어미. 썰물진 펄에 나가 조개 줍다가 물결 찰싹이는 바위에 앉아 일없이 또 바다만 본다.

노을이 진다.

서쪽 하늘이 타오른다.

산집 울타리에 핀 동백 그리움도 지쳐 빠알갛게 진다.

오래된 집

당신한테 가는 길입니다. 그 길에 이제는 산새 우는 소리도 들리지 않습니다. 복더위 속 내려 쪼이는 햇볕소리만 쨍쨍 들려옵니다. 이 길이 얼마나 오래인가 비로소 압니다. 풀숲을 털기 위해 주워 든 나무 막대가 부스러져 내립니다(뱀이 나오지 않을까 두렵습니다).

산찔레 하얀 꽃들이 넌출째 땅바닥을 기며 길을 덮고 있습니다. 주황빛 검은 점백이 산나리 원추리 노란 꽃 보랏빛 엉겅퀴 진분홍 싸리꽃 할미꽃 하얀 술…… 이름도 모를 풀꽃들이 우거져 있습니다. 그 속에 노랑나비도 한 쌍 서로 꼬리를 물고 팔랑대고 있습니다.

멀리서 보이는 당신의 집은
수북한 고사리 지붕입니다. 호랑이 발톱*까지 무성한…….

* 호랑이 발톱 : 풀 이름.

개암사, 수선화

잔설도 녹지 않은 이른봄 화단에, 쏘–옥 땅거죽 밀고 솟아오른다. 지난겨울, 찬바람 들지 말라고 꼭꼭 밟아 굳은 그 땅에, 수선화 노란 싹 솟아오른다. 꽃밭인지 맨 땅인지 구분도 안 되던 화단에. 흩어진 돌팍들 모아다 금줄 쳐주면, 샛노란 꽃송이 흔들어대던 고향집 수선화밭. 이제는 모두 다 흩어져가 수선화밭은 마당이 돼버렸다.

이른봄, 개암사. 한적한 대웅전 앞에 무더기로 피어난 수선화 노란 꽃. 요사채 섬돌 밑에도 한 송이. 차가운 봄바람에 꽃대궁 흔들거린다. 햇살도 따스한 어느 이른 봄날.

불영사, 달개비꽃

이곳에서 그림자를 찾겠다는 건,
말짱 헛일이다. 그림자는커녕,
그림자 비칠 물조차 없다.
가장자리에 연꽃 몇 송이, 꽃망울 맺는
방죽 하나, 있을 뿐이다. 그것도 물이라면…….

그보다는 푸른 하늘, 산산이 부서져내려
꽃이 된 달개비풀, 길 따라 가지런히 피어난
파아란 꽃잎을 보며,
꽃잎에 새겨진 푸른 힘줄이나 볼 일이다.
비구니의 파르라한 눈동자에 비치는
산 그림자나 볼 일이다.

心詞 1

가슴에 품은 것 꺼내어 보면
어떤 건 칼이 되고 어떤 건 꽃이 되고

혼아 떠도는 혼아
가슴까지 다 타 없어진 혼아
가슴이 없으니 품을 것 없겠네
칼이 되고 꽃이 되는 가슴도 없겠네

타고 난 하얀 재밖에 없겠네

心詞 2
—말씀

나를 아느냐 여름날 오후
이명처럼 바람결에 흔들리는 소리.
무엇을 알겠느냐
겨울날 어스름 찬바람에 실려오는 소리.

불영사에 가서 보다

불영사에 갔다가 달개비꽃 보았네
옛날 한 옛날에, 하늘 부스러기 쏟아져내려
깨굴창, 어디든 뿌리박고 싱싱하게 자라,
하늘 보며 파란 꽃 피우는 여린 풀, 달개비꽃.
불영사 가는 길에 도열하듯 서 있네.
그늘진 숲은 아직도 이슬에 젖어 있네.
법당에는 세속의 미혹을 끊어내는 사미니 하나…….

불영사 방죽가에 앉아, 달개비 꽃대 끊어 날리네.
이명처럼 들려오는 산 소리에 일렁이는 물비늘.
어디에도 그림자는 없네.
적요 속, 눈 뜬 듯, 감은 듯,
산 울음소리 들으며 그림자 생각하다,
오체 투지하는 사미니 생각하다, 그마저 잊어버리네.
푸른 하늘, 산 그림자, 설핏 보이다 사라지네.

마음의 폐허 4

지난겨울 함께 사막을 갔던 후배가 '사막에 가 보니 왜 자꾸 사막으로 가려는지 알 수 있을 것 같다' 고 말하데. 그러나 나는 아무 말도 할 수가 없었네. 할말도, 해줄 말도 없었네. 항상 겉만 맴돌다 왔기 때문이네.

알 수 있을 것 같다던 마음과, 아무 말도 할 수 없던 마음과의 사이. 그곳에 정말 사막 같은 침묵이 있었네.

아지랑이 속을 거닐던 한때

봄눈도 파르라니 돋아나던 날 어느 것 하나 빠트림 없이 당신은 그 큰 가슴으로 품어주고 있습니다 혼곤한 잠 어디에도 보이지 않던 당신 애절한 사랑을 떠나 보내고 돌아서는 옷자락을 잡고 당신은 또 조용히 뒤따르기 시작합니다 모락모락 아지랑이 오르는 속으로 얼핏 떠오르는 갑갑할 때 들이쉬는 한 큰 숨처럼 당신은 공기인가 생각했습니다 꽉 찬 듯 텅 빈 듯 당신의 생명을 기르는 동안 당신은 오로지 느낌일 뿐 그러나 그것은 우리의 느낌이기도 하였습니다

하롱하롱 아지랑이 오르는 속을 거닐던 한때

사랑

어둔 하늘에 수많은 별들 숨어 반짝이지만 오랜 광년의 시간 동안 당신을 본 적이 없습니다

내가 당신과 만나 당신과 온전히 하나가 될 때 별 하나 나 하나 헤아리는 손끝 너머 희미한 기억처럼 당신은 별이 되어 떠오를 것입니다 당신이 나를 만나 온전히 나와 하나가 될 때

당신은 허한 곳마다 항상 채우는 보이지 않는 흔적 같은 것이었습니다

당신이 오는 날

그것은 어쩌면 행복일 수도 그것은 어쩌면 슬픔일 수도 그것은 어쩌면 아픔일 수도 있습니다 그것은 어쩌면 희망일 수도 그것은 어쩌면 절망일 수도 그것은 어쩌면 홀가분한 사랑이 모든 것을 당신은 당신 속에 감추고 있고 나 또한 내 안에 감추고 있음을 비로소 알겠습니다 꽃잎 하나씩 따 떨구던 오랜 나의 사랑처럼 당신이 오는 날 이제는 주저 없이 당신을 깊이 껴안을 수 있겠습니다

빈 詩

시를 씁니다
당신이 오기 전
온전한 소리를
시를 씁니다
손의 일도 잊어버리고
입의 일도 잊어버리고
눈의 일도 잊어버리고
맴돌던 생각
마음의 일마저 잊어버리고
빈손으로 시를 씁니다
빈 마음으로 시를 씁니다
빈 하늘을
빈 눈으로 바라보면서
비어 있는 시를 씁니다
하늘의 몫은 하늘로 돌려보내고
땅의 몫은 땅으로 돌려보내고
말의 빈 절간에 쭈그리고 앉아
빈 바람 소리나 따라 적습니다

내가 드디어 곰이 되다

오랜 세월 함께 살아오면서 팔베개 해주지 않으면 잠을 잘 수 없다며 밤마다 가슴팍을 파고들던 아내가 지난여름 백두산을 다녀온 뒤부터 진절머리를 내며 나를 안방에서 쫓아내 버렸다 동물원 곰 우리 근처에서나 맡은 적이 있다는 요상스럽고도 역겨운 냄새와 너무도 우렁차 견디기 힘든 코 고는 소리 쩝쩝 되새김질하는 소리 팔 벌리고 온 방을 굴러다니는 나의 잠버릇 때문이었다(백두산에서 내가 한 일이라곤 거울처럼 맑고 잔잔한 천지 물을 보며 웅담술 한잔 마신 것밖에 없다)

사람인 내 암컷에 따르면 그 동안 나는 죽은 듯이 고요히 아마도 무엇엔가 열심히 쫓기다가 들키지 않으려고 한 곳에 머리만 처박고 숨는 둥 마는 둥 눈감 땡감 장끼처럼 조용히 잠을 잤다고 한다 한 일주일쯤 지나 이젠 괜찮아졌겠지 살그머니 안방으로 들어가 암컷 옆에 누웠다가 얼마 못 가 나는 또다시 쫓겨나는 신세가 되고 말았다 그 동안 냄새는 없어졌지만 발버둥치듯 온 방을 뒹굴며 우렁차게 코를 골아대는 잠버릇은 여전했기 때문이었다.

이후 밤마다 나는 맨 마루바닥에 선하듯 누워 멀뚱거리는 눈으로 창 밖에 빛나는 별이나 보았다 그러다 알았다 내가 곰이 됐다는 것을 곰. 아! 내가 드디어 곰이 됐다! 이제 마늘과 쑥을 먹고 칠흑같이 어두운 동굴 속에서 백날만 지내면 나는 비로소 '사람'으로 다시 태어날 것이다 여직껏 사람의 행색을 하고 살아왔지만 그 동안, 나는, 사람도, 아니었다!

사랑의 변증법 1

나는 화가 난다 괘씸하기 짝이 없다 만져주고 쓰다듬고 쪼그리고 앉아 눈 맞추고 내가 어떻게 절 기르고 사랑하는지 은혜도 모르는 미물 같으니라고 화를 내면 아내는 내가 우습다 새는 감정이 두 개뿐이다 나는 감정이 여간 풍부하다 이뻐하고 미워하고 화내고 슬퍼하고 기뻐하고 지랄하고 발광하고…… 이 전지전능한 감정으로 나와 통하는 새를 기르고 싶다 손을 집어넣으면 깃털을 떨어뜨리며 퍼덕인다 구석으로 도망친다 빌어먹을 먹이를 줘도 마찬가지다 아내는 내가 애기 같다 하는 짓이 철딱서니 없는 어린애 같다 그러다 때로는 몸서리친다 마구잡이 감정에 기겁을 한다 이상한 남자! 별일이 반쪽이다 나는 하나도 이상하지 않다 나는 사람이다 사람은 사람끼리 산다 그러나 나는 아내가 사온 새장이 싫다 아내는 애들을 위해 사왔다지만 애들은 이내 싫증이 난다 새는 내 장난감이다 새장은 내 장난감통이다 아내는 먹이를 준다 새는 먹이통으로만 왔다갔다한다 이따금씩 무슨 생각에 골똘한다 도망칠 생각을 하겠지 그러나 새의 힘으로는 불가항력이다 그 안에서 사는 데까지 산다 그러다 죽겠지라고 나는 생각한다 새를 본다 새를 보다 나는 새가 된다 아내도 새가 된다 나는 아내의 새가 된다 아내는 나의 새가 된다 우리는 누구의 새가 된다 세상은 큰 새장이다 내가 새와 눈 맞추

듯 누군가 나와 눈을 맞춘다 나의 표정을 감시한다 나의 생각을 감시한다 보이지 않는 큰 손이 험상스런 큰 손이 우리의 집을 들쑤신다 우리의 머리를 짓누른다 우리는 새처럼 퍼덕거린다 숨을 할딱거린다 우리의 힘으로는 어쩔 수가 없다 그렇게 살다 죽어가겠지라고 생각할 것이다

사랑의 변증법 2

나는 뽀삐를 사랑한다 개는 표정이 얼굴과 꼬리에 있다 그러나 나는 얼굴도 꼬리도 싫다 그러나 나는 놈을 사랑한다 놈의 비굴성 때문이다 순수하도록 진한 비굴성 때문이다 새끼 땐 모르던 눈치를 놈이 알기 시작하자 내 눈에 살기를 느낌인지 실실 피해 다닌다 꼬리를 살살 흔들면서 밤에 잠이 안 오면 나는 장난을 친다 코 박고 자는 놈을 깨운다 자리에서 쫓아내 다시 자리로 와 눕는 것을 지켜본다 코를 다리 사이에 박고 늘어질 낌새가 보이면 또 깨워 멀찌감치 쫓아버린다 놈은 하품을 늘어지게 하고 힐끔 쳐다본다 살살 꼬리를 흔들며 아무 일 없었다는 듯 다시 자리로 온다 그러기를 몇 번 놈이 아예 차가운 구석에 그대로 드러누울 기세다 그냥 자게 둘 수 없다 놈의 코를 튕긴다 낑! 일어나 옆으로 비낀다 다시 코를 튕긴다 놈은 못 참겠다는 듯 깨갱 소리치며 벌떡 일어난다 그 소리에 아내가 놀라 나온다 뭐 하는 짓이에요 응 뭐 장난 좀 밤늦게 자지도 않고 무슨 장난이에요 참 악랄하다! 아내는 내가 한심하다 놈은 잽싸게 아내 품에 뛰어든다 악랄? 나는 장난만 좀 쳤을 뿐인데 그래도 놈은 이튿날이면 꼬리를 치며 엉긴다 꼬리는 치지만 눈은 질린 듯 하다 그렇다 놈은 내가 가끔 먹이를 주고 쓰다듬어주는 주인인 줄 알기 때문이다 먹이를 주고 역성들어주고 저를 품어 안아주는 아내와 같이 사는 남자라는 걸 알기 때문에 꼬리를 흔들 것이다 놈은 내가 저를 못 살게 예뻐해줄 때 왕! 하고 이를 드러내고 내게 덤벼들기를 바라는 걸 모른다 무조건 그저 꼬리만 친다 먹이를 준다고 무조건 꼬리를 치고 혀로 싹싹 핥는 오! 주인이여 나의 주인이여 지당하오다 하는 놈의 꼬리가 싫다 나는 내가 괴롭게 사랑해줄 때 내 발이라도 콱 물고 늘어질 그런 개새끼가 있었으면 한다 그러면 무서워 악랄하게 사랑하며 사육하지는 않을 텐데 말이다

사랑의 변증법 3
—홍어

나는 항상 바닥만 기지 떠오르는 일은 내게 맞지 않으니까 나의 생태는 조상 때부터 내려온 습성이지(조상 중에 두문동으로 들어간 어른이 있다고 아비는 해진 족보를 들춰가며 들려줬지) 꼭 그 때문만은 아니지만 몸에 밴 습성이 항상 나를 가라앉히지 그래도 하 못 당할 종자들이 있지 인간들 하하 정말 못 당한다니까 깊은 어둠을 밝히는 내 밝은 눈을 속이는 재주에 한순간 나는 물 밖으로 끌어올려지지 어쩔 수 없지 코가 꿰 있는걸 그러나 푸른 하늘 밝은 햇빛 아래라고 해서 그 태생 어디 가나

인간 종자들의 맛있는 먹을 것이 되면서도 나는 그냥 넘어가지 않지 적당히 썩혀져 꽉 막힌 코를 뻥 뚫을 만큼 눈물 찔끔 날 만큼 호호 입에 대고 손사래를 칠 만큼 사정없이 쏘아대지 참 우스워 그래도 좋다고 계속 나를 찾는 종자들이 많다니까 내가 바다 밑 깊은 속을 기면서도 그래도 가끔 모르는 척 낚시를 물고 떠오르는 것은 쏘는 게 뭐 그리 좋다고 나를 계속 찾는 종자들이 있기 때문이지. 요상스럽게 그들이 그립기 때문이지

山에서

산 벌레소리 요란하다. 무서운 게 없다는 거겠지. 마른 바람에 왕갈대, 고개를 흔든다. 멀리 신작로 양 옆으로 살사리꽃* 무더기로 늘어서 있다. 들녘에선 늙은 부부가 늦가을을 거둬들이고 있다. 산의 소리 적막하다. 벌레 울음소리로 살아있는 세상. 주검도 이젠 산에 절어 있다. 풀밭에 누워 하늘을 보면, 어제도 오늘도, 늘상 푸르기만 하다. 하늘도 산에 절어 있다. 말없는 나도 산에 절어간다. 이젠 무서울 게 없겠다. 이대로 스러져버린다 해도…… 산 벌레소리 여전하다.

* 살사리꽃 : 코스모스의 순 우리말.

지상의 한 돌

산이 된 이래, 비 한 방울, 이슬 한 번 내린 적 없는 산을 오르네. 나무 한 그루, 풀 한 포기 자란 흔적도 없이, 붉은 흙먼지만 일어나는 산. 꼭대기에 문득, 돌팍 한 개 놓여 있네. 생긴 것도 영락없는 황토 진흙덩이. 돌팍 들춰보니 곰팡이 실낱 같은 거미줄, 이슬이 맺혀 있네. 그 속에 이름을 알 수 없는 곤충도 한 마리.

나무 한 그루

헐떡이며 등성이를 오르는데, 거기 나무 한 그루 서 있다. 세월의 더께도 끼여, 갈라진 틈새로 푸른 이끼도 기르고, 바람에 몸 부딪다가 난 것일까, 희미한 상처 자국도 보인다. 숲을 이루며, 있는 듯 없는 듯, 서 있는 나무. 재목은커녕, 땔감도 되지 못하고, 바람 부는 대로 흔들리면서, 하늘만 바랏고 있다. 쓰일 곳 없다고 나무가 아닌 것은 아니다, 그렇게 말하려는 듯, 거기 그렇게 서 있다. 지친 손 내밀어 움켜잡고, 등성이 오르는 누군가, 그 그늘에 쉬어가는 이, 있으리

식물이 되어 바라보다

어제는 참 힘든 날이었네. 계곡을 휘돌아 세찬 바람 불고 비 내려 나는 온통 젖어 흔들리고 있었네. 한 자리에서 근 백 년을 살아온, 이를테면 어지간한 비도, 바람도 견딜 수 있을 만큼 튼튼한 뿌리를 가졌지만, 어제 같은 비바람에는 그래도 뿌리가 흔들릴 지경이었네.

움직이는 것들은 세상을 가만히 놔두지 않네.
바람도, 비도, 생각도…….

용케 견디어낸 밤이 지나고 햇살 반짝이면 언제 무슨 일 있었냐는 듯, 태연자약하네. 태연자약! 나의 원래 표정이네. 아직도 몸을 타고 물이 흐르네. 그러나 이미 젖을 대로 젖어 더이상 차갑지 않네. 그것은 차라리 등걸 구석구석, 묵은 때를 씻어주는 아버지 손길 같으네.

한 곳에 가만히 서 있으면 다 보이네. 바람도 비도 새도 찰나의 생각까지도. 움직이는 것들은 결코 볼 수 없는 세상 모든 것. 물 무늬지는 노을빛 하늘, 또는 소리의 향기까지도.

나비

비 오는 학교 운동장, 기울어진 시소의 한쪽 끝. 떠나버린 무게의 흔적이 비에 젖어 떨고 있다. 무게가 무게를 떨쳐내기 위해 뒷걸음칠 때 세상은 위험하다. 그러나 무게는 무게를 떨쳐버리고야 평안하다. 평안을 위해 하나의 무게는 추락해야 한다. 추락하는 무게는 적막 속으로 사라져간다.

놀이에 지친 아이들은 잠들고 떠나버린 무게의 영혼은 외롭다. 추락하는 무게는 나비가 되어 비 오는 학교 운동장 기울어진 시소 위를 날아오르고 있다.

耳順의 강

강물도 이 대목에 이르면 흐르기를 더디 한다
바람도 숨죽이고 조요롭게 조을고, 나느니 갈숲에 푸른 새뿐이다

깊은 골 맑은 햇살에 반짝이던 세월도, 폭포처럼 쏟아지던 팔팔한 정열도
굽이를 돌다 보면 스러지는 물거품.
소리도 잠드는 하류에 이르면, 앙금처럼 가라앉는 속 깊은 이야기

세월도 이 대목에 이르면 흐르기를 더디 한다
물소리 바람소리 쉬이 따라 들으면, 물위에 내리는 여운 같은 저녁놀

그리움

깊을수록 푸른 것이 하늘만은 아니었습니다. 생각도 깊어지면 푸르러지고, 푸르러지면, 다 하늘이고 바다였습니다. 어떻게 알 수나 있었을까요. 이슬처럼 마알간 생각이 모여, 방울방울 맺힌 생각이 모여, 저처럼 깊어 푸르러짐을. 깊어 푸른 상념 위로 정처 없는 그리움 하나 뜹니다. 역마살 뻗친 바람은 구름을 몰아가고, 서산에 새들도 날아갔습니다.

서산에 해 지고 새들도 날아간 빈자리,

이제, 여운의 푸른 상념이 서리면, 푸른 하늘가로, 끝없는 그리움도 깊어갈 것입니다.

잔잔한 슬픔

산으로 갔습니다. 산은 골마다 울울거리고, 골 따라 걷는 발자국마다, 잎새들이 밟히고, 미끄러운 바위 위를, 물도 미끄러운 듯, 미끄러져내리는 소沼에 이르면, 잔잔히 고여 있는 파아란 하늘. 어느 해 바람인가 떨어진 잎새, 물 속에 가라앉아 썩는 세월이, 줄기로만 하얗게 세어 있었습니다. 물 길에 흘려보낼 것 다 흘려보내고, 소슬한 바람, 물살만 끝없이 무늬져갔습니다. 어데선 듯 모르게 산새도 따라와 울고 있었습니다.

꽃 한 송이

지그시 눈을 깔고, 헤퍼지기 쉬운 혀, 입천장에 꼭 붙이고, 가부좌하고, 벽이나 바라보다가, 그날이 오면, 깨달음이란 오묘한 이치의 문제가 아니다(나는 요즘 '지구대폭발'이란 책을 보고 있다. 의식의 감옥, 그 두꺼운 쇠창살은 여전히 열리지 않는다). 산산이 부서져, 칠흑 같은 우주 속으로 사라져버려도, 사라지는 건 유물론, 질긴 윤회의 끈은 그러나……,

밤하늘에 반짝이는 별, 그날이 오면,

나는 여전히, 한 송이 아름다운 꽃 향기에 취해 비틀거릴 것이니…….

민들레

그날이 온다 해도 꽃 피는 봄을 노래하리 봄꽃 피는 들녘에 앉아 민들레 꽃잎을 보며 흩날릴 홀씨를 헤아리다가 속잎 돋아나는 풀밭을 뒹굴며 깔깔대는 짐승 같은 사람, 이 땅에 있는 한, 강 언덕에 나가 해 지는 서산을 바라보며 하염없이 그리움에 젖는 사람 같은 짐승 아직 이 땅 있는 한

햇살이 쓸쓸하다

햇살이 쓸쓸하다
아스팔트 위로 쨍쨍 내려 쪼이는
햇살이 쓸쓸하다
시절은 말복인데
찐득하게 아스팔트를 녹이는
햇볕이 무한정 쓸쓸하다

이글거리는 해의
저 푸른, 절정의 시간
절정에서 더욱 쓸쓸한 것들이여!

버들붕어

온몸이 다 젖도록 흥건히, 비를 맞고 싶어라.
비를 맞다가, 비가 개면, 도랑으로
고기나 잡으러 갈까 버들붕어.
검은 몸뚱어리에, 무지갯빛 지느러미를 한.
무지개 피는 언덕 너머, 무지개 잡으러 갔다가,
무지개 연못에 빠져, 무지갯빛 물들어 떠내려온……
이제는 생물도감에 사진으로나 남아 있는 버들붕어.
비가 온다. 비가 개면, 또 부질없이 고기나 잡으러 갈까,
도랑으로, 또는 저 먼 언덕 너머로.

무제

살날보다 살아온 날이 많은 사람들은 조용하다 신새벽 산길에서 만난 청솔가지 잔잎 끝에 맺힌 이슬방울 위로 희미하게 비쳐오는 빛을 보며 풋풋한 솔내음을 추억하는 장송은 이제 허리를 스치는 바람결로 예감할 뿐이다

어제 저녁, 떠들었던* 서쪽 하늘이
기실은 떠든 게 아니었나
사람들은 자꾸만 산으로 간다

깊고 푸른 물이라고 모두가 다 생명을 기르는 건 아니다 찰박거리며 고여 있는 논두렁 고랑물에 따스한 봄볕을 쬐고 있는 보아라! 저 우묵 같은 개구리알!

* 떠들다 : 맑게 개이다.

봄 편지

매운개랑 나숭개랑 달롱개가 나왔어요.
파아란 보리잎, 봄바람에 산들거리고 있어요.

山竹

산도 잠 못 이루는지 밤새 뒤척인다.
신새벽 찬바람에 이슬방울 떨어지고
숨죽이고 있던 산벌레들 울기 시작한다.
산새도 깃을 털며 날갯짓을 시작한다.

쪽편지
—미안한 사랑

아침마다 일터로 헤어질 때
내가 뽀뽀 시늉하며 손을 흔들면
당신은 우스워 죽겠다는 듯 손을 흔들다
누가 볼까 부끄러워 씽!
차를 몰아버리지
그러면 나는 당신이 보이지 않을 때까지
당신이 떠나간 빈자리를 지키고 서 있지

사랑아
안타까운 사랑아
멍석 같은 사랑아
그 멍석 어서리 없어*
나는 히죽 웃고만 말 뿐이지
화내는 모습이 요상스럽게도 예뻐
약 올릴 궁리나 하는 나는,
언제나 미안한 사랑.

* 어서리 없다 : 민망해하다.

등꽃 아래서

내 마음은 보랏빛 등꽃
그늘 아래 서면 서럽게 운다

꽃을 꺾어 던지다

멀리서 바라보는 것만으로도, 내 마음은 평안하고 기뻐, 푸른 풀밭 사이로, 오색 꽃 향기, 싱그러운 바람까지 불어와, 나도 몰래 한 발짝 다가서고 말았네. 언덕이 항상 거기에 있는 것만 같아……

그러나 예감은 빨라, 오색 꽃 향기, 싱그런 바람도 뒤로 하고

나는 돌아서고 말았네.

그가 나를 허락하지 않았음으로……

방죽가에 앉아, 물에 비친 하늘, 떠가는 흰 구름 속으로, 아이리스 노란 꽃 한 송이 꺾어 던지다(업장 같은 그리움의 두께, 깨어질 줄 모르네)

아이리스

궁금하고 보고 싶어!
나도 모르게 튀어나와 입을 가린다

너를 보면
이른 아침 못가에
함초롬히 피어난 아이리스
처음 보던 그 옛날
설레이던 가슴이 된다

마주하면
공연히 얼굴 붉히던 짝사랑의 시절

봄 꿈

—고봉금에게

옛날, 아주 먼 옛날
누런 흙먼지 이는 땅에
한 여인 있었네
사랑에 빠질까, 두려워하면서도
사랑에 빠지는 꿈을 꾸다가
봄날, 봄보리 파랗게 물오르는
어느 봄날, 설핏 잠에서 깨었네
꿈에선가, 현실에선가
그 겨울 긴 입맞춤의 짜릿함도 잠시,
혼곤한 잠에서 깨어났네

파닥거리던 나비 한 마리, 허공을 맴돌다 가네

하늘빛 눈빛

하늘빛이 좋아
당신의 눈은
자꾸만 밖으로 향하십니까.
당신의 눈빛 참 고와서
나는 자꾸 당신의 눈빛 속으로 빠져듭니다

하늘빛 좋은
당신의 고운 눈빛을 그리는
토요일 오후
나는 여기에 고요히 앉아
당신의 목소리나 듣고 있습니다

얼굴

산 그림자 내리는 자작나무 숲 사이
하얀 풀꽃들 피어 있다
누구도 볼 리 없는 혼자만 보는 풀꽃
한 얼굴 떠오른다 슬픈 눈빛 반짝거리는……

비 갠 뒤 제비 높게 날으는데
뭉게구름 사이로 떠오르네 끝없는 얼굴

물보라

저건 물보라가 아니어요
어찌할 수 없는 슬픈
가슴을 가리는 하얀 장막이어요

넘실거리는 황톳빛 물결
발목을 치고 흐르는데
실바람에 흔들리는 풀잎 잎사귀마다
옥 같은 물방울 흘러내리네

저건 물보라가 아니어요
어찌할 수 없이 솟구치는 슬픈
가슴을 가리는 하얀 장막이어요

겨울 마당에서

겨울 마당에 나와 시리게 푸른 하늘을 보면……
맑게 깜박이던 그 눈빛 생각나
하늘 너머 또 하늘, 먼 그곳을 보면……

가을밤

이 한밤, 어데, 먼
너를 지키고 있을 사람, 그 휑한 가슴
소슬히 이는 바람이 있어
비켜 흐르는 빛 물살에 적시는 하얀 적막

몰라 몰라 이런 것을
내, 애저, 몰라라 하더면
그늘진 골마다에 젖어드는 울음소리

사모곡

전생에 무슨 빚으로
이토록 빚 갚음만 하시나요
얼마나 옹골지게 부리셨으면
세상 끝까지 허리 굽어 가시나요

업이여 업이여
물같이 흐르는 업이여
오르사랑* 없어야 당신 말씀 들으면
내리사랑 당신같이 큰 빚 지고 살겠네

* 오르사랑 : 치사랑.

배롱나무

그곳에 가면 깔깔대는 아이들 웃음소리 들린다
간지럼나무, 간지럼을 태우다가, 저 먼저 간지럼타 자지러지는.
진분홍빛 꽃망울을 터뜨리는 목 백일홍.
한여름, 가을 햇살같이 서언한 햇빛 아래, 배롱나무는 아이들이 그립다.
(누가 있어 또 나를 간지럽히리)
지나는 바람이 시늉하며, 사알짝 간지럼을 태운다.
배롱나무는 몸서리치며 꽃망울을 터뜨리다가 꽃잎 떨군다
꽃망울 속에서 쏟아지는 아이들의, 건강한 웃음소리
산지사방으로 흩어져간다

산꽃

그날의 피울음은 사그라지고
바람만 산들산들 불어오누나
풀잎에 맺혀 있는 이슬방울은
밤마다 울다 가는 설운 영혼들
채 닦지 못하고 간 한스런 눈물
날 받아 오늘 다시 그곳에 오니
기슭에 널린 주검 간 곳이 없고
꽃들만 환장하게 피어 있구나

열쇠

조그만 열쇠가 있네
마지막 시동을 걸어 달려나가게 하는
암호의 시대에 일일이
암호 키를 누르기보다는
신성한 숲을 탐하듯 헤집어
비로소 입성하는, 열쇠가 하나 있네
깊숙이 넣고 다녀도 닳거나 녹슬지 않는

그대여, 내 집에 오시려거들랑
비밀한 곳을 뒤져, 그 열쇠를 찾아야 하리

얼음

그 동안 나의 햇살이 너무 따뜻했다.
그대여, 미안하다,
내가 너를 깨뜨렸음으로.
항상 견고하고 팽팽하던 긴장의 활촉으로,
내 가슴을 과녁으로, 피 흘리게 하던,
도저히 깨질 수 없을 것 같던 한겨울의,
얼음장 같던 그대 마음을,
무너져내리는 그대 모습을 보며,
안타까워하는 심사는 또 무엇?

한 생명도 용납치 않을 얼음 깨뜨려,
비로소, 싹을 틔우게 하는,
꽃 한 송이 피워 낸 뒤 다시 침잠하게 할,
그대여, 이제는 나도 함께 무너져내리고 싶다.

초록별

사람의 자취가 남아 있다 해도
계수나무 한 나무 토끼 한 마리
방아 찧고 사는 달이듯
소저너가 실실 굴러다니며
캐스퍼 카우치 이름을 지으며
너의 오지랖을 샅샅이 뒤진다 해도
그대는 밤하늘에 반짝이는 별일 뿐이다

이 땅이 살 만한 것은
그래도 사람들끼리 부대끼기 때문.
철없이 또 칠흑 같은 밤하늘을 보며
별 하나 나 하나 헤아릴 수 있기 때문.
우리의 자랑스런 과학만으로는 도저히 풀 길 없는
불가사의한 풀들로 가득한 땅이기 때문

■해설

해찰, 그리움을 다스리는 방식

이희중(시인, 문학평론가)

'해찰' 이라는 말이 있다. 사전을 찾아보니 "마음에 썩 내키지 않아, 물건을 이것저것 부질없이 집적거려 해치는 일"이라고 풀어놓았다. '해찰하다' '해찰궂다' '해찰스럽다' 등의 파생어가 있고 '해찰을 부리다' 라는 관용구도 있다. 사전은 이 말을 순 우리말로 취급하고 있으나 '解察' 이라는 한자로 풀어보려는 사람도 없지는 않다. 국어학자들은 민간 어원이라고 할 테지만, 내 친걸음에 민간 어원임을 밝히고 엉터리로 말해도 된다면 나는 '海察' 은 또 어떨까 생각해본다. 눈앞의 시시한 것에 얽매이지 않고 먼바다를 본다? 그럴듯하지 않은가. 누가 '天察' 또는 '山察' 은 왜 아니냐고 할까 두렵다. 그러나 '가까이 있는 것을 소홀히 하고 멀리 있는 무엇을 애써 보며 딴청 피우는 짓' 으로서 '해찰' 은 박찬 시인의 시에서 새로운 풍경을 여는 쓸모 있는 창

이 된다. 그는 지난 시집에서 자신의 '해찰'을 이미 우리에게 소개한 바 있다.

> 여길 봐!
> 딴 데 보지 말고
> 여길 봐! 아우성쳐도
> 나는 자꾸만 해찰한다
> 눈앞에 보이는 것만으론 재미가 없다
> 어디 먼 데쯤 다른 곳에
> 혹, 재미가 있을 것만 같아
> 나는 잘도 해찰한다
> 눈앞에 보이는 건
> 주위에 있는 건
> 하나도 재미가 없다!
>
> —「나는 잘도 해찰한다」 중에서

이와 같은 박찬 유의 '해찰'은 내가 만든 엉터리 풀이의 한 근거가 된다. 세상은 한 목소리로 집중의 미덕을 강조하며 시인에게 매사에 집중할 것을 요구한다. 그러나 시인은 눈앞의 것들보다 먼 데가 더 재미있을 것 같다고 생각한다. 이렇게 말하고 시인은, 인용하지 않는 마지막 연에서 자신의 '해찰'을 친절하고도 상세하게 보여주었다. 산꼭대기에 올랐지만, "발 아래 보이는 나무와 풀과 바위"는 그의 흥미를 끌어내지 못하고, "귓불을 간지럽히는 바람"도 마찬가지라고 했다. 그는 "멀리 들판을 가로지르는 기차를 보며 철길의 그리움을 해찰"하기로 했다. 그가 높은 곳을 좋아하는 이유는 단지 먼 곳을 볼 수 있기 때문일 뿐이다. 그렇다면 박찬 시인이 이해하고 있는 '해찰'은 위에서 살

핀 사전의 풀이와 다름이 확실하다. 박찬 유의 '해찰'은 눈앞의 물건이 아니라 멀리 떨어져 있는 무엇을 향해 있다. 그는 먼 데 있는 것을 해찰한다, 또는 그리워한다.

이 대목만 보자면 시인의 생각은 낭만주의의 몫이다. 낭만주의야말로 '지금, 여기'가 아닌 다른 시간, 다른 공간을 꿈꾸는 것이 아닌가. 그러므로 박찬 시인의 해찰은 단순한 한눈팔기가 아닌, 그 나름의 독특한 관찰 또는 추구의 방식이라고 말할 수 있다. 그는 낭만주의자들이 생각하듯이, '지금, 여기'는 더럽고 낮으며 다른 '어디, 언제'가 깨끗하고 높으리라고 생각한다. 그가 시력이 닿는 한 멀리서 구하는 것은 사랑이거나 깨달음일 것이다. 그리고 그것을 희미하게나마 관찰하고 확인하고자 하는 욕망은 그리움과 다르지 않다. 그렇다면 그의 해찰은 그리움의 방식이다.

박찬 시인의 시세계를 해찰의 미학이라고 불러도 좋다면, 이때 '해찰'은 여러 가지 뜻으로 쓰인 것이다. 그의 시세계가 불교적 사유와 관찰을 통해 깨달음과 초월의 언어를 추구해왔다는 사실에 주목한다면 여기서 '해찰'은 집착에서 벗어남을 의미할 수 있다. 또 언어적 외연을 살펴 그의 시가 연모와 그리움의 몸짓에 오래 머물고 있음을 염두에 둔다면 '해찰'이 연모의 각별한 표현이자 방법임을 수긍할 수 있다. 어느 쪽이든 바로 눈앞의 일보다는 잘 보이지 않는 먼 곳을 보려는 이 특징적인 버릇은 시집 전체에서 두루 발견된다. 그는 자신과 대상이 멀리 떨어져 있다는 사실을 잊지 않으며, 그 거리 자체가 가져온 긴장 또는 심상치 않은 정황을 유심히 살피고자 한다.

(가) 너를 생각하면 가슴이 아프다. 너무 멀리 떠나와 이제 윤곽조차 희미해져 벌판 멀리 피어오르는 바람처럼 막막할 뿐이다.

—「가슴에 묻는다-서래봉」 중에서

(나) 정말 오르고 싶었던 것일까. 오르기보다는 차라리, 먼 곳에 그리움처럼 두고 그리워만 하고 싶었던 것일까.

—「서래봉, 또 서래봉」 중에서

(다) 멀리서 보이는 당신의 집은/수북한 고사리 지붕입니다.

—「오래된 집」 중에서

(라) 모래바람 씽씽 일어나는 길 없는 길 헤매다 만나는 신기루 같은 그대,

—「눈물-서래봉 가는 길 3」 중에서

(마) 비가 온다. 비가 개면, 또 부질없이 고기나 잡으러 갈까,/도랑으로, 또는 저 먼 언덕 너머로.

—「버들붕어」 중에서

(바) 멀리서 바라보는 것만으로도, 내 마음은 평안하고 기뻐, 푸른 풀밭 사이로, 오색 꽃 향기, 싱그러운 바람까지 불어와, 나도 몰래 한 발짝 다가서고 말았네.

—「꽃을 꺾어 던지다」 중에서

눈에 띄는 대로 골라보았다. (가)는 사랑하는 대상과 멀리 떠나와 이제 돌아갈 길이 보이지 않는 절망적 상태를 표현하고 있는데 여기서 대상과 '나' 사이의 거리는 공간보다는 시간의 거리를 가리키는 듯하다. (나)는 산을 오르기보다는 바라보기를 즐기는 마음을, 그리는 대상을 가까이 취하지 않고 멀리 두어 완상하는 미학적 태도로 설명하고 있다. (다)에서 시인은 사랑하는 사람의 집을 묘사하고 있는데 이 또한 충분한 거리를 유지한 채 바라보려는 관성 안에 있다. 그는 안마당으로 성큼 들어서는 사람이기보다는 저만치 언덕 위에서 그윽하게 내려다보

려는 사람이다. (라)에서는 사랑하는 사람을 신기루에 비유하고 있다. 두루 알다시피 신기루는 멀리서는 보이지만 가까이 가면 없다. (마)에서 시인은 "저 먼 언덕 너머"로 고기 잡으러 가는 일을 꿈꾼다. 하지만 그 마음이 절실해 보이지는 않는다. 고기잡이가 '부질없음'을 스스로 알고 있으므로. (바)는 속마음의 흔들림을 재미있게 보여준다. 멀리서 바라보는 것만으로도 평안하다고 했지만 그것이 최선의 선택은 아닌 모양이다. 나도 몰래 한 발짝 다가섰다고 했으니까. 그렇다면 그가 멀리서 바라볼 수 밖에 없게 하고 또 다가서게 한 것은 도대체 무엇인가.

위 두서 없는 인용을 통해 드러난, 연모 또는 관찰의 대상과 거리를 두려는 박찬 시인의 성향은, 대상을 어느 정도 거리 밖에 두는 것을 의미하기도 하지만, 어느 정도 거리 안에 두는 것도 포함한다. 아무리 멀리 있어도 보이지 않아서는 안 된다. 말하자면 멀리 있되 그것이 거기 있음을 놓쳐서는 안 된다는 말이다. 시인이 사랑하는 것을 두는 또는 찾는 자리는 그러므로 가장 먼 곳에 별을 두어야 할지 모른다. "내가 당신과 만나 당신과 온전히 하나가 될 때 별 하나 나 하나 헤아리는 손끝 너머 희미한 기억처럼 당신은 별이 되어 떠오를 것입니다"(「사랑」)라는 구절에서 보듯이 사랑하는 두 사람이 하나가 될 때 그중 하나인 "당신"은 별이 되어 떠오른다. 여기서 "당신"만 별이 되고 "나"는 그렇지 않은 사실과, "별이 되어 떠오르"는 사실, 즉 아주 멀어지는 것은 우리의 눈길을 붙잡는다. 그렇게 보내고 나면 "나"는 혼자 남는다. 거리의 상한과 하한을 정해두고 그 바깥으로 멀어질 수도 그 안쪽으로 들어올 수도 없는 사랑은 일면 병적이라고 판단할 여지도 있다. 그러나 이는 더 큰 고통과 이별을 막는 방책일 수 있다. 거리를 한정함으로써 그는 그리움과 사랑을, 더이상의 발전이나 전개를 막고 현재 상태로 멈추게 할 수 있다. 물론 이 상태는 그가 가장 원하는 것이어야 하며, 그에게 가장 작은 고통을 요구하는 것이어야 한다.

그는 "이 전지전능한 감정으로 나와 통하는 새를 기르고 싶다"(「사랑의 변증법 1」)고 쓰기도 했지만, 결국 이 새의 비유 속에서 "나는 아내의 새가 된다 아내는 나의 새가 된다 우리는 누구의 새가 된다 세상은 큰 새장이다"(「사랑의 변증법 1」)라며 소유욕에 매인 사랑을 서글퍼하기도 한다. 때로 그의 사랑은 "나는 내가 괴롭게 사랑해줄 때 내 발이라도 콱 물고 늘어질 그런 개새끼가 있었으면 한다"(「사랑의 변증법 2」)에서처럼 마조히즘적 성격을 드러내지만, 한 사람의 내면에서 자라는 '사랑'의 실상이 예외 없이 복합적, 다면적임을 잊지 않으면 많이 이상스럽지는 않을 것이다. 「당신이 오는 날」에서 보듯 사랑은 흔히, 관계된 두 사람에게 '슬픔'일 수도, '아픔'일 수도, '희망'일 수도, '절망'일 수도 있는 무엇이며, '홀가분한 사랑'인지도 모르는 무엇이다.

박찬 시인은 파란색을 각별히 아낀다. 그가 숭상하는 세계는 대개 파랗다. 그에게 '파랗다'라는 형용사는 '아름답다'라는 뜻에 직접 접속되어 있다. 서양에서 파랑은 외로움의 색깔이라고 한다. 하지만 우리에게는 별로 익숙하지 않다. 또 파란색이 성숙한 색, 성숙한 사람이 좋아하는 색이라고 말하는 사람도 있다. 재미있는 것은 우리말에서 파란색, 푸른색은 다른 언어에서 녹색(green)과 청색(blue)이 가리키는 색을 포괄한다는 사실이다. 색채어가 특히 발달했다고 알려진 우리말에서 파란 또는 푸른색이 이렇게 넓은 범위의 색깔을 지칭하게 된 점이 이채롭다. 그래서 우리 조상의 무지개는 칠색이 아니라 오색이었던가. 무엇보다도 파란색은 하늘의 색이다. 또 물의 색이다. 사실 바다와 강물의 색이 푸른 이유는 하늘의 색이 되비치기 때문이다. 또 파란색은 풀과 나무의 색이다. 이렇게 숲과 물과 하늘의 색을 단번에 가리키는 한 가지 색채어가 있다면 이는 곧 '자연의 색'이다.

박찬 시인의 시에서 파란, 또는 푸른색은 '하늘'의 색으로 드러나는 경우가 가장 많으며(「山에서」「잔잔한 슬픔」「사랑의 변증법 3-홍어」), '물'의 색으로 드러나는 경우도 적지 않다(「무제」「백담사 강론」「그리움」). 그밖에 '새'(「耳順의 강」), '보리잎'(「봄 편지」), '꽃'(「불영사에 가서 보다」) 등을 채색하기도 한다. 드물게는 "이글거리는 해의/저 푸른, 절정의 시간/절정에서 더욱 쓸쓸한 것들이여!"(「햇살이 쓸쓸하다」)와, "빗속에서도 꺼지지 않는 파아란 불길. 하늘로/올라 이슬이 되어 먼지 위에 내려앉으시다"(「먼지 속 이슬-화염길 그후」)에서 보듯, 사물의 가장 뜨겁고 고양된 순간을 장식하기도 한다. 앞의 예에서 파란색은 해가 가장 뜨겁게 타오르는 때를 수식하는데, 물질이 탈 때 가장 높은 온도에서 푸른빛을 띤다는 사실은 과학이 이미 밝혀낸 바 있다. 나중 예는 아마 고승의 다비 장면을 묘사한 것 같은데, 불길의 온도는 고승이 이른 깨달음에 비례하는 모양이다. 이와 달리 파란색이 사물과 사람의 사이를 잇는 계기가 되기도 한다. "그보다는 푸른 하늘, 산산이 부서져내려/꽃이 된 달개비풀, 길따라 가지런히 피어난/파아란 꽃잎을 보며,/꽃잎에 새겨진 푸른 힘줄이나 볼 일이다./비구니의 파르라한 눈동자에 비치는/산 그림자나 볼 일이다"(「불영사, 달개비꽃」)와 같은 구절에서는 파란색이 "하늘" "꽃잎" "눈동자" "산 그림자"로 전이하며 만들어내는 서늘한 풍경을 볼 수 있다. 이와 같은 파란색의 전염 또는 전이는 다른 시에서 자주 확인된다. "하늘빛이 좋아/당신의 눈은/자꾸만 밖으로 향하십니까./당신의 눈빛 참 고와서/나는 자꾸 당신의 눈빛 속으로 빠져듭니다"(「하늘빛 눈빛」)에서 "나"

는 "당신의 눈빛"에 매료되는데, 사실 이는 바로 하늘의 빛이다. "나"는 "당신"에 이끌리고 "당신"은 "하늘"에 이끌리는 사랑의 연쇄인 셈인데 그렇다면 "겨울 마당에 나와 시리게 푸른 하늘을 보면……/맑게 깜박이던 그 눈빛 생각나/하늘 너머 또 하늘, 먼 그곳을 보면……"(「겨울 마당에서」)와 같은 구절은 그 후일담처럼 읽힌다. 파란색의 매혹은 "나"와 "눈빛"과 "하늘빛"이 이루는 삼각구도 속에서 서로 자유롭게 소통한다. 또한 시인은 "깊을수록 푸른 것이 하늘만이 아니었습니다. 생각도 깊어지면 푸르러지고, 푸르러지면, 다 하늘이고 바다였습니다"(「그리움」)라고 노래하기도 한다. 푸른색은 깊은 것의 색이고, 성숙하는 것이 띠는 색깔이다. 사람의 생각도 깊어지면 하늘이 되고 바다가 될 수 있다. 푸르름의 가장 높은 경지에 이르는 것이다. 이 경지는 다시 "이슬처럼 마알간 생각이 모여, 방울방울 맺힌 생각이 모여, 저처럼 깊어 푸르러짐을. 깊어 푸른 상념 위로 정처없는 그리움 하나 뜹니다"에서 보듯이 "정처없는 그리움"으로 부연된다.

'해찰'을 통해, 그리고 '파란색'의 안경을 통해 관찰한 세상의 이치는 철학적 성찰을 열매로 장만하기도 한다.

비 오는 학교 운동장, 기울어진 시소의 한쪽 끝. 떠나버린 무게의 흔적이 비에 젖어 떨고 있다. 무게가 무게를 떨쳐내기 위해 뒷걸음칠 때 세상은 위험하다. 그러나 무게는 무게를 떨쳐버리고야 평안하다. 평안을 위해 하나의 무게는 추락해야 한다. 추락하는 무게는 적막 속으로 사라져간다.

놀이에 지친 아이들은 잠들고 떠나버린 무게의 영혼은 외롭다. 추락하는 무게는 나비가 되어 비 오는 학교 운동장 기울어진 시소 위를 날아오르고 있다.

—「나비」 전문

이 시는 현재 박찬 시인의 시세계가 도달한 미학적 성취를 잘 보여준다. 잘 갈무리되고 절제된 어휘들과 간결한 문장들은 의미의 단위마다 무겁고 아름다운 아포리즘을 이룩하고 있다. 비 오는 학교 운동장은 우리의 기억 속에 익숙한 풍경이다. 운동장 한편에 시소가 비를 맞고 있다. 이 시소는 사람이 타지 않았는데도 꼭 한쪽으로 기울어져 있다. 후줄근한 시소에서 시인은 "떠나버린 무게의 흔적"을 읽어낸다. 시소는 아직도 남아 있는 보이지 않는 무게에 지배되고 있는 것인가. 그렇다면 저 무게들의 보이지 않는 긴장은 얼마나 서글픈 것인가. 언제 그 무게조차 사라질 것인가. 시는 보이지 않는 "무게"의 관계 속으로 잠행한다. "무게의 영혼"을 말하기도 한다. 이윽고 다시 영혼들의 세계에 머물던 무게는 "나비"의 모습으로 형상의 수면 위로 솟아오른다. 비는 그친 모양이다.

박찬 시인은 "손님으로 갔다가/손님으로 돌아"(「미황사에 가서」)가는 것이 인생이라고 여기는 듯하다. 찾아보자면, 인생은 "이 땅의 무게만큼의 설움"(「운주사, 와불」)을 감당해야 하는 일이며, "모두들 어디로 가는 것일까"(「미르의 세상–서래봉 가는 길 2」)에서 보듯이, 우리는 알지 못할 곳으로 가고 있는 "정처 없는 영혼들"(「민들레 꽃천지」)이다. 이 정처 없는 여행의 도정에 "움직이는 것들은 세상을 가만히 놔두지 않"(「식물이 되어 바라보다」)는다. 우리가 이 삶에 상처받고 간절히 원하는 것을 이루지 못하고, 다만 낌새만을 엿보거나 냄새만을 맡고 떠나야 한다고 하더라도 그는 만족하고자 한다. 그래서 이런 시를 쓴다.

행여, 그를 만나거든

나, 왔다 갔다고 전해주게
못 보고 그냥 갔다는 말도 함께
덕분에 재미있는 것도 많이 보고
맛있는 것도 많이 먹고 갔다고
이다음에 또 오게 되면, 오겠노라고
(그렇게 될 수 있을지 모르겠지만)
그래도 다시 불러주면, 그때는 꼭
만나 보고 가겠다고 말하더라고

—「마실」 전문

"나"는 "그"를 만나러 왔지만 뜻을 이루지 못했다. 그는 아주 만나기 어려운 사람인 모양이다. 나만 만나기 어려운 사람인 것이 아니라 다른 사람들도 쉬 만나지 못하는 사람인 것 같다. 그러기에 전갈을 당부하는 사람에게도 "행여, 그를 만나거든"이라고 말하지 않았겠는가. 비록 그를 만나지는 못했지만 "덕분에 재미있는 것도 많이 보고/맛있는 것도 많이 먹고" 가는 것을 소중하게 기억하고자 한다. 그리고 다음에 또 오고 싶다고, 그리고 "그때는 꼭/만나 보고 가겠다" 다짐하며 이 뜻을 그에게 전해달라고 한다. 이 시에서 '다녀감'을 자꾸 생사로 읽으려고 하는 내 버릇은 천상병의 「귀천」 때문인지도 모른다. 이 시는 「귀천」과 닮았지만 그보다 덜 순박하다. 더 깊은 뜻과 맛이 있다. '그'가 있기 때문이다. '그'는 누구인가? 신? 연인? 깨달음? 사랑? 이 모두일지, 아무것도 아닐지 모르겠다. 이 시에서 방문 또는 머묾이 생애의 비유라면 시인은 이 세상 삶의 의미가 누군가를 만나야 하는 것이라고 생각하는 것이다. 과연 그런가.

이 땅이 살 만한 것은

그래도 사람들끼리 부대끼기 때문.
철없이 또 칠흑 같은 밤하늘을 보며
별 하나 나 하나 헤아릴 수 있기 때문.
우리의 자랑스런 과학만으로는 도저히 풀 길 없는
불가사의한 풀들로 가득한 땅이기 때문.

—「초록별」 중에서

시인은 "사람들끼리 부대끼기 때문"에, "철없이" 별을 헤아릴 수 있기 때문에, "불가사의한 풀들로 가득한 땅이기 때문"에 이 땅 위의 삶이 가치 있는 것이라고 생각한다. 그가 든 이유들은 다른 어떤 사람에게는 이 삶이 허무한 것이라고 판단할 만한 이유가 될 수도 있는 것들이다. 이 분별의 관건이 신념과 가치관이기 때문이다. 아무튼 위에 인용한 구절에는 이번 시집을 세운 박찬 시세계의 골격이 소박하게 드러나 있다. 아주 추악한 바닥에서 아주 고매한 꼭대기까지 펼쳐진 인간성에 대한 궁극적 긍정, 선과 악 어느 쪽으로 흘러갈지 모르는 그야말로 천진무구한, 치기 어린 삶에 대한 애착, 불가사의하기 때문에 더욱 경이롭고 아름다운 "풀들"에 대한 신뢰 등이 그것이다. 이 모두와 우리의 삶을 보존하고 있는 땅은, 바로 이 시의 제목이 된 "초록별"이다. 다른 시에서 시인은 "하염없이 그리움에 젖는 사람 같은 짐승 아직 이 땅 있는 한"(「민들레」) 이 땅, 이 삶은 소중한 것이라는 뜻을 밝혀 노래한 바 있다. 이 구절은 또한 박찬 시인의 미학적 태도를 요약하고 있다. 하염없는 그리움에 젖는 일은, 위에 인용한 구절에서 "철없이 또 칠흑 같은 밤하늘을 보며/별 하나 나 하나 헤아릴 수 있기 때문"이라는 구절의 속뜻을 미학적으로 변주한 것이다. 나도 그를 따라 노래한다. 삶은 이렇게 구구하기 때문에 아름다운 것.

문학동네 시집 47

먼지 속 이슬

초판인쇄 | 2000년 11월 8일
초판발행 | 2000년 11월 15일

지 은 이 | 박찬
책임편집 | 이진영 정미영
펴 낸 이 | 강병선
펴 낸 곳 | (주)문학동네
출판등록 | 1993년 10월 22일 제22-188호

주 소 | 136-034 서울시 성북구 동소문동 4가 260번지 동소문빌딩 6층
전자우편 | editor@munhak.com
하이텔 : podo1
천리안 : greenpen
전화번호 | 927-6790~5, 927-6751~2
팩 스 | 927-6753

ISBN 89-8281-335-7 02810

www.munhak.com